詩集

冬の夜空を見上げて

Looking up at the winter night sky.

塩田禎子

Shioda Teiko

詩集　冬の夜空を見上げて＊目次

I

II

詩集　冬の夜空を見上げて

I

五月のロカ岬

色とりどりの松葉ボタンが
大きく鮮やかな野生の姿を見せて海へ続き
断崖の向こうには
まぶしい海が果てしなく広がっている

私は　西へ西へと旅をするうち
はるか遠いユーラシア大陸の最西端
ポルトガルのロカ岬にたどり着いた

花々のなかに
人の背をはるかに超える歌碑が
先端を十字架で飾られて
風のなかに立っている
人々が走り寄ると
様々な言葉が飛び交い重なり合う

ここに地果て
海始まる――
*
歌碑に刻まれた詩の一節
未知の世界に乗り出す
大航海時代を著わした詩人の想いが
このひと言からも垣間見える

大きなカメラを抱えたグループの女性が
青い海と松葉ボタンを見られただけで十分　と
弾んだ声を残して集合場所へと急いでいる
私は　歌碑の文字にもう一度触れ
大西洋に吹き渡る
五月の光る風に別れを告げた

＊　叙事詩「ウズ・ルジアダス」第三歌集二十連の一節　ルイス・デ・カモンイス作

坂の街リスボン

街の中心にあるロシオ広場から
ゆるやかな坂の街を　歩いて行く
七つの丘と呼ばれるリスボン
石造りの建物が並んでいる

大通りから狭い路地に入ると
道は急に下り坂になり
黄色い車体のケーブルカーが私たちを待っている
二十人も乗ればいっぱいの車内

床も壁も座席もみんな木製で
運転士は年配の男性　黙って運転を始める
ゆっくりと家々の間を通り抜け
あっ　という間の二六五メートル

少し歩き　ふたたび乗客となり
市電に乗り換え広場にもどった
ケーブルカーはいわばエレベーターの役
ふり返り見上げると
丘とはちょっとした山で
丘の上にお洒落な家々が並んでいる

七つの丘とリスボンの名物ケーブルカー
のんびりとした時間が過ぎていった

この街の少し北にあるサンタ・クルス
作家の檀一雄が一年半暮らした街がある
海岸近くにいまもあるという家
その家で書き続けた長編小説『火宅の人』
降りそそぐ陽光とゆったり流れる時間が
作家の心を癒やしただろうその時を
はるかな空に想い浮かべる

世界遺産ベレンの塔

広大なテージョ川の流れに
身を乗り出すように白くそびえるベレンの塔
人々は波うちぎわに寄り　優美な姿を
いつまでも見つめている

広場には　水辺を向いて
五二メートルの高さの帆船のモチーフ
デッキの部分に　エンリケ王子を先頭に
ヴァスコ・ダ・ガマ　マゼラン

ザビエル　カモンイス
三十人ほどの偉人の像が
白く勇壮な姿で朝の陽に輝いている

足もとに描かれているのは世界の地図
日本の位置と１５４１の発見年号が目にとまる
日本から遠く離れて目にする
自分の国の歴史の位置
エンジ色の文字が鮮やかに記憶される

いま　世界のどこかで
無残にも破壊されている世界の遺産がある
戦争や宗教上の理由で壊されていく遺産
どんな時代をも超えて語り継がれる

人類共通の財産であるという想いが
広場に立つ足もとから
ずしりと重く伝わってくる

広場の先には
ベレンの塔とともに一九八三年に登録された
もう一つの壮大な世界遺産　ジェロニモス修道院が
華麗な姿をして私たちを待っている

麗江古城の春

石畳の通りに
かわらぶきの屋根が軒を連ねている

玉龍雪山からの流れが
ほそい水路をつくり家々の間を行き
標高二四〇〇メートルの古都を潤している
赤や黄や薄紫の花が咲き　赤いぼんぼりが揺れ
屋根越しにはカラフルな傘の波

一軒の店に入ると
棚の上に小石が並んでいる
トンパ文字という名の文字が今も残り
古代ナシ族の作り出した象形文字を
石に彫る店　私は
小さな緑色の石を選び名前を彫ってもらう
不思議な形　不思議な響きトンパ文字
麗江古城の大切な想い出ができあがる

大勢の人の行き交う四方街の広場に出る
唐の時代からの茶葉古道の中心地
遠いむかしも今日のように賑わっていたろうか
お茶を背に運ぶラクダや馬がたくさんいただろう
山道を進み　深い峡谷の虎跳峡を超え

シャングリラ　ラサ　ネパールから西アジアへと
はるか遠く　歴史の道は続いた

かわらぶきの屋根が見渡せる高台にのぼる
明るい春の光のなかに
遠く玉龍雪山の雪の頂が望まれる
麗江古城の今とむかしを映し出す
雄大な山の姿
心にしみじみと刻み込まれる

玉龍雪山

車窓に映る山の連なり　玉龍雪山
ごつごつとした岩肌に雪が輝いている

ロープウェイに乗る
上昇するにつれ　霧が深くなり
あたりは何も見えない
降り立ったロープウェイ駅は四五〇五メートル
そこには雪と氷河の世界が広がっていた

人の列に続いて進むと
　はいっ　写真を撮りますよ
と　言ったのだろう　身振りを交えて
若いスタッフが笑顔を向けた
こちらは空気の薄さにふらふらしているというのに
従業員は笑顔のまま　女性も男性も
忙しく走り回っている

外は吹きつける雪と風
そっと　凍った雪の上を歩き始める
広場の先に遊歩道は続くが
凍る寒さのなか　行く人はいない
遊歩道もすぐ霧にまみれ
五五九六メートルの頂はさらに霧のなか

「空を行く銀の龍」のようだ　と
名づけられた玉龍雪山
未踏峰　少数民族ナシ族の聖地
できあがったばかりの写真を胸に抱くと
はるかな山に会えた想いが強くなる

雪の降りしきる峠にて

安達太良山のスキー学校から帰り
教室で一篇の詩を読んだ
　智恵子は東京に空が無いという
　ほんとの空が見たいという
うつむいていた一人ひとりが
顔をあげ始める
読み終わると　拍手が起こり
「先生　先生も詩を書いてください」
ひとりの生徒が言った

あれから十数年の時がたち
私は仕事を辞め　いつしか詩を学び始める
あのとき「詩を書いて」と言ったのは
安達太良山の詩を書いて　と言ったのか
自分たちのことを書いてほしい　と言ったのか
それとも　高村光太郎の詩に魅了され
思わず言ってしまったことなのか
今はもう知ることはできない

標高三六〇〇メートルの峠に
雪は降り続いている
中国雲南省チベット区自治州シャングリラ
バラゲゾン神山に向かう峠の車中で

雪に足止めされ　長い時間を過ごしている
脳裏に安達太良山の雪がしきりに舞う
シャングリラの雪と安達太良山の雪が
混じり合いながら押し寄せ
この十数年の月日がめぐり続ける

バイカル湖岸鉄道の一日

夜の景色のなかを川は流れていく
岸辺に憩う家々の灯りが
青い水に流れ落ち
ゆらゆら揺れている

今日の日が過ぎていく
バイカル湖岸鉄道の旅の一日
列車は数箇所の見所に立ち寄り
また　先へと進んだ

かつてシベリアの鉄路を走り
長い距離を担った蒸気機関車
いまは　観光用として私たちを楽しませ
バイカル湖岸を走る

　豊かなるザバイカルの
　果てしなき野山を
と　始まるなつかしい「バイカル湖のほとり」
ゆったりとしたロシア民謡の調べが
今日は列車の響きのなかで歌っていた

星がまたたいている
この川をさかのぼれば
海のように青く広がるバイカル湖

波は静かに岸辺にそよぎ
アザラシも眠りにつくころだろう

東シベリアの中心都市　イルクーツク
チェーホフが「シベリアのパリ」と讃えた街
あたたかい想い出を心に抱いて
今日の日は過ぎていく

シベリア鉄道の旅

イルクーツク駅を出た列車は
二段ベッドのある四人部屋
出会ったばかりの私たち四人は
数時間のシベリア鉄道の旅を味わっている

ウラジオストクからモスクワまで
走り続けても一週間はかかる
昨夜　ホテルのレストランで
十三日かけ　ハードな旅を続ける

日本の旅行者と顔を合わせた
疲れているのか無口だった人たち

明治四十五年（一九一二年）与謝野晶子は
ウラジオストクからフランスへの旅に出た
半年前パリに向かった夫鉄幹に逢うため

　萌ゆる我が火を抱きながら
　夫がかけりゆく　西へ行く
　巴里の君へ逢いに行く*
晶子の想いが列車を走らせているかのよう

現地の若い女性のガイドさん
「知っていますか」と私に問いかける
口にしたのはチェーホフとドストエフスキーの名

その人はチェーホフが好きだと言う
『罪と罰』も高校で学び　その後
大学は金沢に留学したとも語ってくれた

シベリアの新しい空気に出会ったひととき
車窓に広がる白樺の林に惹かれながら
短いシベリア鉄道の旅を過ごしている

＊　ウラジオストク極東大学の前庭にある歌碑（終わりの部分）

（イルクーツクには二〇一九年に出かけ、バイカル湖畔を旅してきました。その日から三年、ロシアがウクライナを侵略するというとんでもないことが起こり、世界は一変し日本まで大変な時代を迎えています。

国の支配者の始めたことに、突如、人々は加害者の立場に立たされ、遠いシベリアであっても、どのような形で巻きこまれているのでしょうか。連日のウクライナの惨状を知るにつけ、あの時出会った穏やかな人たちのことも考えずにはいられません。）

II

山の湖

コメツガやシラビソの
広い原生林に
いちめんに広がる苔の森
湖に続く道に霧がかかり
道の先はかすんでいる

以前訪ねたときは
苔むす岩の登山道だった
なだらかな山道をのぼり

湖の周囲を夢のような想いで歩いたのは
そうむかしの事ではない
訪れる人も多いのだろうか　道は
木の香りのする遊歩道に変わっていた

湖は変わらず静かな水をたたえている
北八ヶ岳の奥
二一一五メートルにある白駒池
高地にある湖として日本最大の湖
冬になれば雪も多く
夜空に星も輝くだろう
大正時代に建てられた山小屋もあり
もう　灯りがともっている

遠くから子どもたちの声
三、四十人の小学生がのぼってくる
先生たちも重そうに荷物をかかえ
子どもたちに声をかける
　もうすぐだからね
今日はキャンプをするという

山の湖のほとりで
ひとつの夢が生まれる

秋の御射鹿池

八ヶ岳の山々を
横に後ろにと眺め
まぶしく光る林のなかを
車は走ってきた

山道を奥に進むと
御射鹿池《みしゃかいけ》が鏡のように水をたたえ
池の周囲には人だかりがしている
森のなかにひっそりたたずむ池

紅葉に燃えるカラマツの林と
水に映るカラマツとが溶け合って
金色に輝いている

緑の季節の御射鹿池を
絵に表した日本画家の東山魁夷
みずみずしく光る緑のなかに
白い馬を登場させ
人々の心をつかんだ
もし　この秋の景色なら
どんな動物を登場させるだろう

御射鹿池は人工の池
人々は田畑に水を送る溜め池として掘り

少し離れたところには
水量の多い人工の滝を築き
乙女の滝　と名づけた

しぶきをあげ　流れ落ちる滝と
静かな御射鹿池が
人々の心のなかで一つになる

戸隠山の麓

戸隠神社参道の中ほどに立つ
朱塗りの随身門
内にはそれまでののどかな光景とは異なる
幽玄の世界があった

道の両側に杉の巨木が立ち
空を覆うほどに高く伸び
行き交う人の小ささが浮き彫りになる
四百年を超える杉の並木を抜け

ゆるやかな石段を進んでいくと
戸隠神社奥社に着く

人の背の間で手を合わせている
もし　ほかに人の姿がなかったら
私はひとときもいられないだろう
たち続ける足もとが揺らぐのは
天岩戸伝説のある二千年の重みのためか
それとも戸隠山の厳しさが迫ってくるためなのか

社務所の脇に
ほそい登山道が続いている
危険！　の赤い文字が貼られ
切り立った崖の道の厳しさを伝えている

中世の時代からの修験の山
いまも危険を背負い挑む人の姿がある

もと来た道をたどり
小鳥ヶ池のほとりへと向かう
ふり仰ぐ雲の間に
のこぎりの歯をした戸隠山がそびえ
水墨画の光景でこちらを見ている

駒ヶ根高原

色づいた木々の間に
中央アルプスの山々が輝いている

天竜川上流の流れに沿って歩き
つり橋を渡り　しばらくすると
静かな駒ヶ根池に着く
池に映り込む赤や黄の葉　空の青
木々の向こうには
まるで　この場所を選んだかのような

木曽駒ヶ岳の姿があった

千畳敷カールと呼ぶ
独特なお椀状の地形を持つ駒ヶ岳
澄んだ空気のなかに
その形が手に取るように望める

ごろごろした石をよけながら進み
駒ヶ岳山頂に立ったのは十数年前
そのとき　近くで歓声がわき拍手が起こった
日本百名山の　全山登頂を果たした人を
たたえる人たちの声
おめでとう！　の手作りの横断幕
私も　その人の輪に合わせ拍手を送った

帰りの道で
木曽駒ヶ岳のピンバッジを買う
金色に縁取られた緑の小さなバッジ
かつての山頂での出来事が
さらに大きな想い出となって
中央アルプスの峰に広がる

青鬼《あおに》集落

町から遠く
標高七五〇メートルの地に集落はあった

足を踏み入れると
むかし話でも聞こえそうなたたずまい
十四、五棟の家はあるが
通りに人の姿は見えない
伝統的な兜造りの大型の建物は
もとは茅葺きの家だったという

青鬼集落　その名に惹かれ
家々をめぐり　水の流れに耳を傾け
石仏に目をやりながらガイドさんの声を聴く

あるとき　村に鬼が現れ
その鬼は村の人たちを助け善行を重ねた
人々は「御善鬼様」として祀るようになり
　村の信仰となっていった
かつては鬼無里《きなさ》を経て
戸隠へ向かう参道でもあったこの道

坂道を登り切ると
北アルプスの山々に抱かれた緑の棚田に出る

村人は総出で用水路を築き　石垣を積んで
棚田を作り上げた
地滑りの多いこの地
作業は困難を極めたという

帰りに　紫米の小さなひと袋を買う
薄紫に色づいたご飯を口にするとき
雄大な北アルプスの山々と
青鬼集落の不思議な懐かしさが
体中に浸みてくるに違いない

道しるべ

嬬恋村鹿沢温泉までの
峠の道に祀られている百体観音*

池の平湿原から地蔵峠までの山道を歩き
五十番観音から一番観音までの
下りの道を歩き始める

五十番は美しい顔立ちの馬頭観音
四十八番はうす紫の萩にかこまれ

四十五番は小さな体の聖観音
三十九番は首をかしげ蓮の花を抱いた如意輪観音
三十六番の聖観音は目鼻立ちがわからないほど
風化している

ひとつひとつ赤い布に示された文字がなければ
草むらに埋もれ　出会えなかったろう
私は一町（一一〇メートル）ごとに置かれた
石造り観音の名をメモしながら
東御市新張へと　当時の人の後ろ姿を追った

江戸時代から明治の初め　人々は
道しるべの観音様に手を合わせ
ひと気のない山道をたどったという

行く先は　寺でも神社でもなく
体を丈夫にしてくれる鹿沢の湯

この地で暮らした人の一日　一年
つらい労働のあとの
ゆったりとお湯に浸るひととき
遠い一二キロの道のできごとを
百体の観音様が語っている

＊　百体観音　石造町石

鶴岡八幡宮のイチョウの木

鮮やかに色づいた木々に囲まれ
鶴岡八幡宮の境内は
大勢の人々の流れのなか

本宮に向かう石段の傍らに
高くそびえていたイチョウの木
七年前の三月
前日から続いた強風にあおられ
根もとから折れ　倒れてしまった

千年の命を生きた木は
「隠れイチョウ」と呼ばれ
三代将軍　源実朝の悲しい出来事を
いまに伝えてきた
実朝　二十八歳
イチョウの木の陰にひそんでいた
甥の公暁の手によって暗殺されたという

世の中は常にもがもな渚こぐ
あまの小舟の綱手かなしも＊

境内を出ると
一本の道をはさんで続く若宮大路

鎌倉駅へと続く
桜の通りを眺める人たちのなかにいると
「世の中はいつも変わらずにあってほしいもの」
と　詠んだ実朝の想いが
遠い時のむこうから伝わってくる

＊　源実朝作　小倉百人一首より

紅葉の神護寺

朱塗りの橋を渡ると
石段の続く参道が伸びている
その数は四百段
すり減った石段に人々の汗を想い
心を励まし　一段一段のぼっていく

京都市右京区高雄山神護寺
長い石段をのぼりきると
山の中腹に境内が広がっていた

金堂へ進むと
鮮やかな紅葉がお堂を飾っている
紅葉の美しさで知られる神護寺
広いお堂には薬師如来像が置かれ
日光　月光菩薩を伴った
堂々とした三尊の立像の姿
多くの人たちが　手を合わせ
長い祈りを続けていた

私もひとときを過ごし
金堂を後にする　少し離れて
高野山に行く前の弘法大師が
十四年間過ごしたという大師堂の前に出る

お堂は閉じられている
　雲蒸して壑浅きに似たり＊
　雷渡りて空地の如し

遠い時代　谷間からの雲の湧き上がる光景のなか
思索にふける当時の弘法大師の姿が浮かぶ

＊『性霊集』巻第一より　初めの部分

大原の里を訪れて

四方を山に囲まれ
田園風景の広がる大原
ほそい川の流れに沿って
坂道をのぼると　もうそこは三千院

門をくぐり
客殿　宸殿　有清園と進み
往生極楽院へとたどる
杉木立のなかに立つ極楽院

写真や映像で何度か出会った光景が
いまは私の目の前に

人は大勢いるというのに
声は消え　ただ靴音がするだけ
あたりに枯れ葉の散る音が
聞こえそうなほど
お堂は静けさのなかにある

阿弥陀三尊像の姿が
少し離れたところからでも
お参りできるほどに輝いている
腰を浮かして座る「大和座り」の姿で
人々に語りかける

三千院を少し西に向かうと
『平家物語』ゆかりの寂光院が
ひっそりとたたずんでいる
平清盛の娘建礼門院が　ひとり
平家一門の冥福を祈って過ごした寺

　　祇園精舎の鐘の声
　　諸行無常の響きあり

一文が思わず口にのぼる

飛鳥川に沿って

飛鳥川に沿って続く棚田に
彼岸花が赤く色を添えている
平安時代に開墾され
地域の人々の手で守られてきた
稲渕《いなぶち》の棚田

山々に囲まれた田んぼのほそい道は
ゆるやかなスロープを描き
遠く丘へと続いている

案山子ロードと呼ばれる道
秋の祭りともなれば
さまざまな姿の案山子が
道の右に左にと現れ
たっぷりの笑顔を人に送る

今年のテーマは「日本の童謡」
日本に童謡が生まれて今年は百年
案山子が子どもたちや動物の姿で
歌や踊りのポーズをとっている
私の目に強く映ったのは
「七つの子」のカラスの家族
いまにも可愛い歌声が聞こえてきそうだ

この道を少し行くと
橘寺が見えてくる
聖徳太子誕生の地と伝わる寺
橘寺への道にも　たくさんの彼岸花が咲いて
燃える姿で私たちを迎えてくれるだろう

花の寺

絵本の世界にでも入りこんだのだろうか
小さい茅葺きの山門に迎えられ
花の色の広がる道を行く

丘へ続く坂道を進むと
見えてきたのはツツジの群落
大きなすり鉢状の地形のなかに
中央に五色で飾られた観音堂が優雅にたたずみ
そばの池の周りでは人が時を過ごしている

四方をめぐるのは色とりどりのツツジの花
目の覚めるような光景が広がる
形はすり鉢ではなく
潮路をたどる船だという
名付けられたのは　塩船観音寺
私も　今日は船の乗客になった

花のなかをたどり　上へ上へと進む
ここは霞丘陵の一角の地
出口を金網で仕切られたところに出る
外にはハイキングコースが続き
高い木々に若葉がそよぎ
透き通った声でウグイスが鳴く

十人ほどのハイカーが
リュックを背に楽しそうに歩き出した
この先をたどれば　小高い山頂へと続き
しばらくすると　のどかな
温泉宿が旅人を迎えてくれるという

私はバスで花の寺を訪れたツアー客
山道への想いを残して　また
華やかなツツジの群れのなかの一人になる

小雨降る横浜の街

バラ園をめぐり
ステンドグラスの歴史的建造物を見て
赤レンガ倉庫で時を過ごした

いち日の旅の終わりに
ことし出来たばかりのロープウェイに乗る
日本初の都市型ロープウェイ

たまご型の愛らしいキャビンは

何本もの道路を越え　運河を越えて
木々の上を飛ぶ
窓越しに　みなとみらいのビル群
目の先には大観覧車

空の旅は五分ほどで終わった
雨雲につつまれた街の景色のなかに
人々の営みが見えてくる

赤レンガ倉庫の店で見つけた
「赤い靴」の絵本
小さな靴が赤く光り　少女が微笑む
若い女性店員も微笑みかける
終わりのページには楽譜が添えられ

野口雨情作詞　本居長世作曲の唄が
横浜の地で手にした私の胸に
しみじみと入り込んでくる

雨はかすかに降り続いている
波止場にたたずむ
赤い靴をはいた女の子の像は
大きく変わり行く街を見つめて
何を思うのだろう

太平洋に浮かぶ島

むかし　鳥も通わぬ八丈島と言われ
はるかな遠い地だった
いまは　羽田からジェット機で五十五分
ハイビスカスの赤い花が迎えてくれる

高台にのぼると雄大な光景に出会う
　裾野を広げてそびえる八丈富士
　青い海に浮かぶ八丈小富士
黒い玄武岩の広がる南原千畳岩海岸

黒潮に洗われて丸くなった石を拾い
峠を越えて運んだのは流人たち
陣屋跡の丸石垣の道が
むかしのままに残され影をつくっている
あるとき　地元の高校生が授業で数えた石の数は
七万五千個　石の重さは二〇キロから三〇キロだった
おにぎり一個がその報酬だったと悲しい話も残る
台風の通り道と言われる八丈島の
重要な仕事だった石垣造り

流人にまつわる
野口雨情の唄がある
　三根三里塚　倉の坂

坂の真ん中で　出船ながめて袖しぼる
島で親しくなった男女がいた
刑期を終えて帰る男を涙で見送る島の女
流人には連れていくことは許されなかった

千畳岩海岸から少し離れて
流人たちの帰っていった船着き場が
小さくかすんでいる

十和田湖のほとり

十和田神社で
ひとときを過ごし
十和田湖の水辺へと向かう

湖のほとりに沿って砂浜を行くと
ざぶんざぶんと音をたて波がうち寄せ
あたりには枯れ葉が舞う
人のいない静まった奥の場所に
「乙女の像」はあった

目の位置よりはるかに高く
ふたりの乙女は
お互いの指先を触れるような姿で
たたずんでいた
力あふれる美——という言葉が
胸に浮かんでくる

像の後ろにはブナやナラなどの
原生林が遠く続いている
高村光太郎はこの地を選び
自然の強さにも負けない
力づよい人間の意志を　そこに
置いたのかも知れない

田沢湖　支笏湖に続く
日本で三番目に深い湖　十和田湖
木々の葉が散り終えると
青森は雪になるという
雪の重さ冷たさにも負けない
作者の意志を秘めた「乙女の像」
二度、三度ふり返りながら
もと来た砂の道を歩き始める

Ⅲ

アレッポの石鹸

危険なシリアの地に入り
日本へのルートを開いた人がいた
遠い私のもとにも　ある日
四個ひと組の石鹸が届けられた

戦争になる前　私は豊かな色や
においや味があふれている
天国みたいなところで暮らしていた
私はアレッポの太陽を浴びて

日焼けしていた――
戦争がはじまるまでは
少女の言葉が小さくたたまれて入っていた

爆撃により街とともに工場が吹き飛び
破壊されたオリーブオイルのタンク
人々は　離れた街や
隣国のトルコへと移っていった

遠い地で石鹸を復活させた人たち
またきっとアレッポに戻る　と
石鹸のおもてに「アレッポ」の刻印を打つ

アレッポは紀元前二〇〇〇年に歴史に登場し

世界で初めて石鹸を作り出した都市
一九八六年には「古代都市アレッポ」として
世界遺産に登録された
いつか　旅先で出会った人に
シリアの遺跡は素晴らしかった　と
話してくれた人があった

今日もオリーブの香りが
私の両手からあふれ　あたりに広がっていく

（二〇一三年　危機遺産として登録された。）

ある日の新宿駅

飯田橋から電車に乗り
新宿駅に着く
夕暮れのせまる宇都宮線のホームに
日がのびたわね　と
人の声がする
何気なくふり向く人の群れの先に
「哲学者　梅原猛氏死去」の
電光掲示板の文字があった

梅原氏の『隠された十字架―法隆寺論』が浮かぶ
イラク戦争に反対し平和憲法擁護を訴えてきた人
胸の奥に悲しみが起こり
もう一度掲示板を見上げる
駅のホームは　ただ人の波が続くばかり

電車は高架橋を進んでいく
ほんの数秒間　東口方面の街並みが開け
むかしの想いが甦る
ビルの三階にあった貸しピアノの店
オペラの場面の絵が置かれてあった名曲喫茶
学生時代　友だちと立ち寄り
おしゃべりをして通りを歩いた

今日の飯田橋での
「詩と思想」新年会の人々との語らい
電光掲示板の梅原氏との悲しい出会い
いつか　今日の日のことも
想いにふけるときがあるのだろう

見えない闇

通りにひとの影はない
マスクに身を隠し　私は
世間の目をうかがいながら
コロナウイルスから遁れて歩いている

昨日も　今日も
お隣のお宅の駐車場には
通学用自転車が一台　所在なげにおかれている
とつぜんの全国一斉休校に

ひとことも言わせてもらえず
家にこもり続ける子どもたち

　中国雲南省の鉱山でつかまえたコウモリが
　　武漢に持ち込まれた
ニュースで流れたフレーズのひとこと
雲南省のどこですか
去年　三月に訪れたばかりの雲南省
巡りめぐって眺めた懐かしい雪の山々が浮かぶ
新型コロナウイルスの赤い絵が
連日テレビ画面に現れるようになって
そのフレーズは消えた

日本の地図　世界の地図が

感染者の増えるたびに
赤く塗られて悲鳴をあげる
　この町でも感染者が出た
恐れていたことがついに耳に入ってきた

春の光あふれる人ひとりいない通り
私は　見えない闇に取り囲まれ
マスクひとつを頼りに
今日も食材の買い物に出かける

吹き荒れる嵐

花水木通りの一本の木が
根もとから折れ　倒れている
夕べ吹き荒れた嵐のためだ
三月の観測史上　最大を記録したという

もう少しすると
うす紅色の優しい花を
仲間の木とともに
花開くことができたものを

その夜　ロシアの指揮者が
コロナに罹って亡くなったというニュース
その人の名は
アレクサンドル・ヴェデルニコフ
五十代半ばだった

コロナの嵐に失われた命
彼の指揮する重厚なチャイコフスキーを
もう聴くことはできない

気候変動やコロナ　変異ウイルス
地震の恐怖も加わり　私たちは
困難な日々を突きつけられている

いま　困難な毎日に学ぶとすれば
どんな手立てがあるというのだろう
北の地方では　ようやく
雪も溶け始めたという
人々の歩みのなかに探している

鏡の前の

鏡の前のテーブルに団扇《うちわ》がひとつ
絵のなかの金魚が涼しそうに泳いでいる

隣町に住む　子どもの頃の友人が
教えてくれた美容室
さりげなく話す美容師さんが良い
とその友人は言った

紅と青い色の数匹の金魚が揺れ

ゆるやかな水の輪が生まれる
室内には　さっきまで
チャチャチャの音楽が流れていたが
いまは「椰子の実」の曲に変わる

　名も知らぬ遠き島より
　流れ寄る椰子の実一つ
沖縄の三線のゆったりとしたリズムに乗り
さりげなく若い人は歌う

コロナ禍に外出を控えていた私に
だれか　プレゼントでもしてくれたような
思いがけない今日の歌
「この歌　すーっごい曲ですね」

と言って　目を丸くした遠い中学生の姿が
にわかに甦り　想いを熱くする
金魚を揺らす水の流れが
遠い海へ　帰っていく

コロナのワクチン接種

陽の照りつける午後
大勢の足が一ヶ所の建物に向かう

人々は声をたてることもなく
前の人との距離をとりながら続いている
てきぱきと作業をこなすスタッフ
入り口で書類を確認し　受付に引き継ぎ
人の群れを　広いホールへと促す
合間には消毒をする人の手が走る

五つほどに仕切られたブースの前に
番号の貼られたいくつもの椅子
まもなく私の番になり
医師の問診も手早く済み
隣に立つ看護師の女性から接種を受けた

すぐ　流れの人となり
体育館で十五分の休憩をとり
蟬しぐれのにぎわしい外に出た
ほっとした想いが胸の奥からわいてくる
希望……という言葉が浮かぶ

この街の　この国の

世界の国々で行われる一大行事
それにしても
こんなにスムーズに運ぶことができるのなら
これまでのじりじりとした一年半は
何だったのだろう
とりもどせない時間
蟬が激しく鳴いている

金木犀

どこかで　金木犀の香りがする
いつの間に
そんな季節が訪れていたのか
このところ　コロナを恐れて家を出ることもなく
花々にも心は行かず　日々は過ぎていった

浦和駅にほど近く
金木犀通りという名の通りがあり
近くで詩の教室が行われていた

講師の菊田守先生の提案で
「金木犀」と名付けられた詩の会

月に二度の会は
私のささやかな作品でも
月日とともに積み重ねられ
いつしか詩集として手もとに残った
「金木犀」の仲間たちは
まるで少年少女の集まりのように
語り　笑い合った

笑顔と会話の中心でいらした先生は
体調をくずされ　ある日
あっけなく遠い人となった

私たちの前から姿を隠し
「金木犀」は閉じられたまま

教室の一人ひとりは
金木犀の小さな花びらが散るように
それぞれの道へと去っていった

（菊田先生の後を北畑光男先生が継がれたが、コロナ禍のため、まもなくカルチャーセンターは閉鎖となった。）

ひまわりの咲く国

朝に夕に飛び込んでくるニュースが
東ヨーロッパの地図を開かせる
ロシアがウクライナに侵略してから一ヶ月
虐殺のすさまじさに　目を覆うばかり

キーウ（キエフ）は芸術の都　秋になると
バレエやオペラの劇団が日本を訪れ
上野の森を華やかに彩ってきた
世界的なピアニストの　二十世紀を代表する

ウラディミール・ホロヴィッツもウクライナの出身
「リストの再来」とも言われ　今も度々
ラジオなどで演奏を耳にすることも多い

もし　コロナがなかったら
鳥はさえずり　花は咲き誇り
人は花に誘われるように
音楽の場所へ足を向けていただろう

もしコロナがこんなに長く世界を覆うことさえなかったら
ロシアは戦争に踏み切らなかったのではないか
大地には列車や車がのどかに走り
空には　白い翼を輝かせた旅客機が
西へ東へと人々の心をつないで世界を飛んでいたろう

私も　ジョージアやアゼルバイジャンの風に吹かれ
古い教会へ続く丘の道をたどっていたかも知れない

いまこのときも　街は壊され
無残にも命が奪われている

ウクライナの国花はひまわりだという
すべての闘いが終ったとき
瓦礫の下からひまわりの花開くときが来るに違いない
私も　一粒のひまわりの種をまきたい

冬の夜空を見上げて

寒い冬の夜は
遠いジョムソンの夜空を想う

空港近くのコテージ風なホテル
昼間の暖かさの消えた冷たい部屋で
身をちぢめ寒さをこらえていた
夜更けの静まったなかに
コン　コン
時を告げるお寺の鐘の音が

遠くから聞こえていた

翌日の夜は
宿の人が湯たんぽを用意してくれる
食事のあとのテーブルに
銘々置かれた動物の絵柄の湯たんぽ
みんなの口から感嘆の声が漏れ
お湯に触れた温かみが体中に浸みた

扉を押して中庭に出ると
雪山の空高く星がまたたいている
星々の灯りは雪の結晶が舞い散る空の色
しばらく眺め　酔いしれていると
　みんなで湯たんぽをかかえて

星を見てるなんて　おかしいですね
ひとりの人の声に
暖かい笑いが起きる

コロナが世界中を襲い
人々の行き来のなくなった空を想う

旅行者の途絶えただろうジョムソン街道
慎ましい日々を暮らす人までも
巻きこまれていくコロナ禍の世
今日も夜空を見上げ　遠い空を想う

あとがき

このところ、コロナは下火になったとはいえ、まだ感染者は続いていて、海外では変異株の流行が報告されているという心配な状況にあります。

その上、ウクライナに対するロシアのすさまじいまでの攻撃が止むことはなく、とうとう一年を越えてしまいました。

このような重苦しい日常が続くなか、詩友の皆様、友人の方々の応援をいただき、家族の支えもあって、この度詩集『冬の夜空を見上げて』をまとめることが出来ましたこと、大変幸せなことと感じています。

そして土曜美術社出版販売の社主でいらっしゃる高木祐子様を初め、スタッフの方々にはお忙しいなか、力を尽くしていただき、心から感謝を申し上げます。

また装丁では、いつも詩集を引き立ててくださる、高橋宏枝様には改めて感謝を申し上げます。

最後に、詩集を手にしてくださり、ページを開いてくださっている皆様に、心からお礼を申し上げます。

二〇二三年二月　寒い夜に

塩田禎子

著者略歴

塩田禎子（しおだ・ていこ）

「地球」元同人、「豆の木」「金木犀」同人
埼玉詩人会　日本詩人クラブ　会員

詩集『柳絮舞う川のほとり』（土曜美術社出版販売）
　　『テルコット村の朝の道』（土曜美術社出版販売）
　　『花と語る』（土曜美術社出版販売）
　　『はるかなジョムソン街道』（土曜美術社出版販売）

現住所　〒348-0071　埼玉県羽生市南羽生 1-2-3

詩集　冬《ふゆ》の夜《よ》空《ぞら》を見《み》上《あ》げて

発行　二〇二三年五月八日

著者　塩田禎子
装丁　高橋宏枝
発行者　高木祐子
発行所　土曜美術社出版販売
〒162-0813　東京都新宿区東五軒町三―一〇
電話　〇三―五二二九―〇七三〇
FAX　〇三―五二二九―〇七三二
振替　〇〇一六〇―九―七五六九〇九
印刷・製本　モリモト印刷
ISBN978-4-8120-2758-5　C0092